沈阳博士兔动漫制作有限公司　著

本漫画根据中国5·12汶川大地震真实故事改编

　　公元2008年5月12日14时28分，震惊世界的中国四川汶川大地震，刹那间夺走了近10万个鲜活的生命。学校坍塌，花朵夭折，苍天哀号，举国悲伤。

　　可是顽强的中华儿女，并没有被这突如其来的灾难所吓倒，他们团结一心，众志成城，谱写了一曲又一曲抗震救灾的英雄赞歌。

　　少年智则国智，少年富则国富，少年强则国强，少年独立则国独立，少年自由则国自由……磨难出真才，大灾中涌现出来的一位位少年英雄让我们看到了祖国的希望……

　　仅以此书献给那些可爱的孩子们！

编者

四川出版集团　四川美术出版社

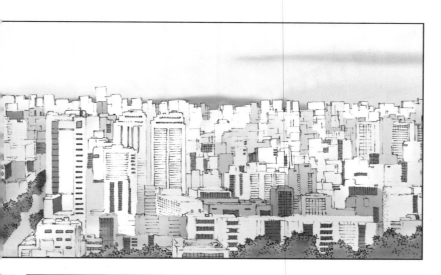

14:25:20

14:25:40

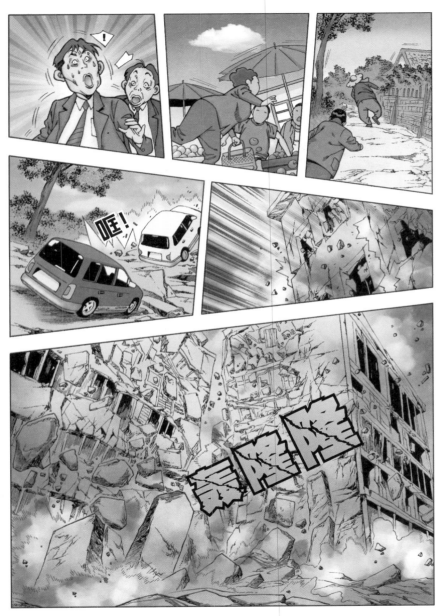

哐！

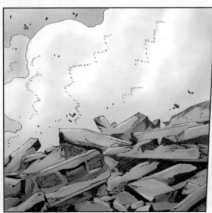

第 **1** 集

微笑女孩

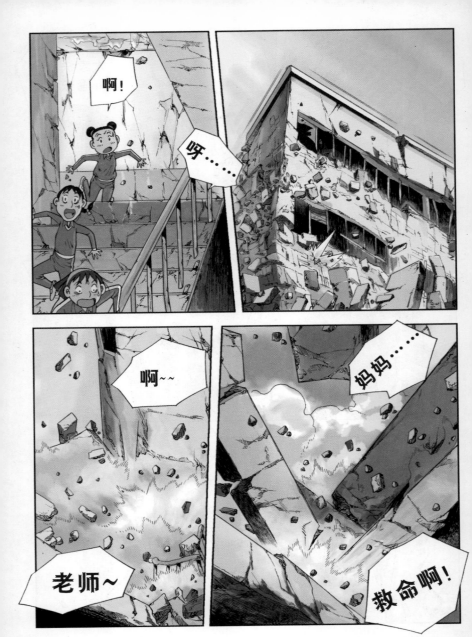

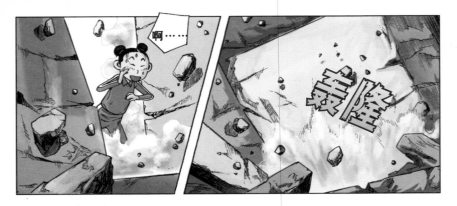

爷爷!

好了!现在没事了!

哎呀!

爷爷,我的裤子!

呀!被夹住了啊……

用这个割断吧!

谢谢!

嚓

沁沁，没事吧？

爷爷，我没事！

好，你就先在这躺着！

爷爷去救别的孩子！

爷爷……

让我来给孩子检查一下吧!

吡

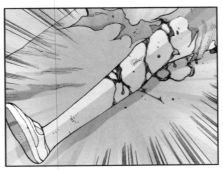

真是个坚强的孩子!

腿骨折了,应该很疼的,真坚强!

我先处理骨折的腿,孩子,能再忍会儿吗?

能!

5月14日上午
什邡中学救治点

因为道路都被毁了!唐沁第二天才被送到救治中心。

唐沁,今天感觉怎么样?

好点了吗?

嗯!

好多了!

当天下午，唐沁被送到广汉市第四人民医院接受治疗。

唐沁,真勇敢!

打针的时候也不哭,还带着微笑呢!

所以,我们都叫她小美女!

哈哈……本来就好看,再加上微笑就更好看了!小美女!!

5月25日
医院

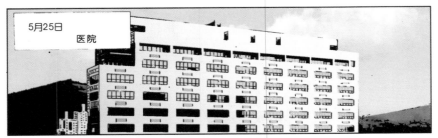

嗯?!

最美的"微笑女孩"

这不是唐沁吗?

大家快来看这个！

是什么呀？

哎呀,这不是我们医院的小美女唐沁吗？

唐沁成明星了！成网络明星了！

最美的"微笑女孩"

可是……

网上不叫唐沁啊？这是怎么回事？

是啊……

唐沁的妈妈,请您过来一下？

怎么了？

您看一下这张照片。

是唐沁吗？

……

对……

在什邡中学救治时照的。

看来是拍照的人弄错了……

小美女,唐沁!

恭喜你成为网络明星、微笑天使。

是老师教我们的!

要用微笑面对所有困难!

我长大以后也要当一名老师!

第1集　完

第 2 集

生命的守望

这里有
生存者!!

里面是谁呀?

我是……春……春梅。

是春梅!是四年级一班的春梅!她还活着!!

春梅啊!很快就有
人救你出来了!
再忍一会儿!

水真甜!

哐!

咚!

老师,我困了,想睡一会儿……

春梅!千万别睡!!

跟老师说话吧,

那样就不困了!

老师,我的头发是不是很乱?

等出去后你帮我梳头吧……

好,老师帮你梳……

老师还要给你买好看的发卡!

真的?

嗯!一言为定!我们去买最好看的发卡!

说好了哦!

. . . . .

!!

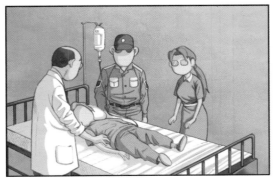

. . . . . .

孩子的生命
没有问题，
但……

……很可能
要截肢。

第 **3** 集

翻越大山脱险境

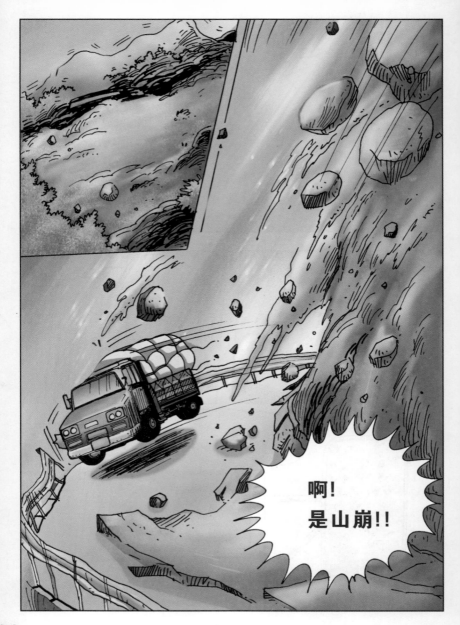

孩子们
没事吧?

老师,
我们没事……

大家快到
操场上去!

村子都被夷为平地了……

家长不可能不出事……

那……校长现在怎么办?

我们必须翻过两座山，到北川县城的马路上。

然后再走到绵阳去。

从现在开始,我们要走很长的路,到绵阳去!

解放军叔叔会给你们带路,你们要好好跟着!

你们好!

好~大家小心点,跟我走!

下雨了!

孩子们都累了,休息一会儿吧!

天亮了再出发!

呼~

小朋友,你的脚怎么了?鞋呢?

在路上走丢了……

什……什么?!你一直光着脚走过来的啊?

让我看一下……

这……这个!

伤得不轻。

你忍一忍!

好了!

你叫什么名字呀?

我叫王义钦,今年8岁……

小义钦真勇敢啊!

嗯!爸爸说男子汉大丈夫,一定要勇敢。就像解放军叔叔一样!

是啊,小义钦也是个勇敢的男子汉!

来~ 擤一擤!

哥~~
我腿疼!

是……
村子。

你好……

我们的学生从
昨天开始一直饿着，
能给他们弄点
吃的吗？

啪!

……那边有吃的?

跟我来吧!

哗啦

东西不多,
两个人吃
一碗哦!

知道了!

5月14日 绵阳

绵阳中学

请问，这里安全吗？

可以安置我们的学生吗？

放心吧！这里很安全。

你没事吧？

嗯！我没事！

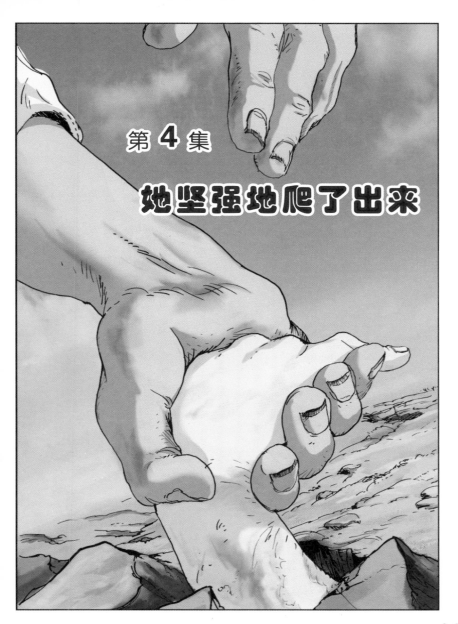

第4集

她坚强地爬了出来

……因地震受伤的伤员增多，抗生素一时提供有限，这时国际上也伸出了援助之手……

5月13日
四川省地震灾区

呼……

嗒！

叔叔……

叔叔!

里面还有人!快点,救他们。

大家
快动手!

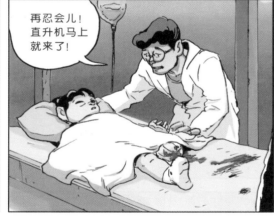

再忍会儿!
直升机马上
就来了!

谢谢!

不,孩子!

我们更要
谢谢你。

里面有两个人，都活着!

快点!

前面开路!

快点，快点!!

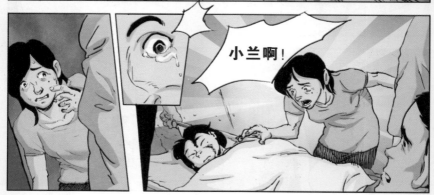

小兰啊!

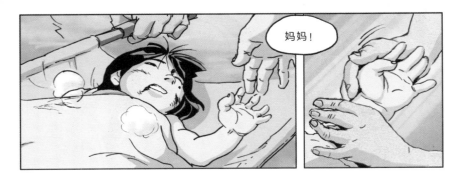

各位~~!!
我们给他们收拾出
着陆的地方吧!

现在没事了!

谢谢你，挺住了!

谢谢大家……

还不知道
她叫什么呢！

真是一个
勇敢的孩子！

第 5 集

朋友

5月12日 14时28分
映秀中学

3 - 5

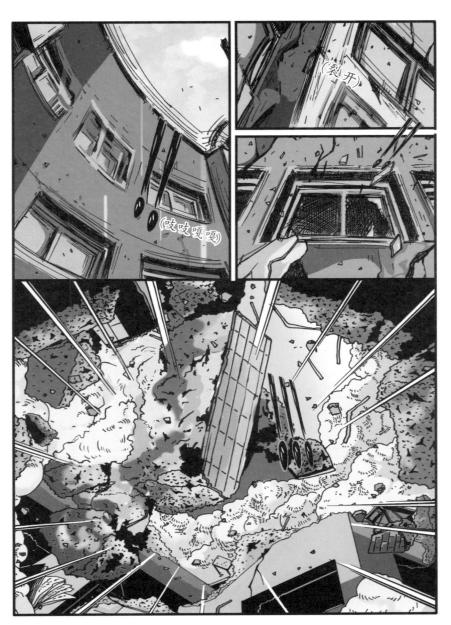

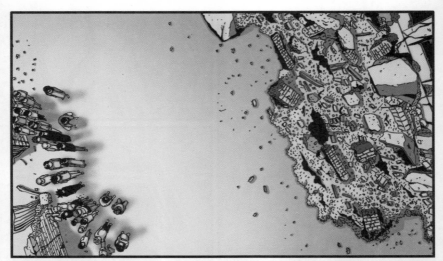

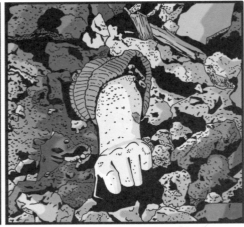

爸爸,妈妈
……

我不要死……

死也要见了爸爸、妈妈后再死。

向孝廉!!

向孝廉!!

你在哪?

向孝廉!!

我在这!

是我!马健!

知道,
我知道。

你再忍会儿!
我救你
出来。

马健,
不要丢
下我一个人!

我不走! 我一定
救你出来!

我相信你!

信你……

向孝廉!!

嘿呀!!

马健……

你醒了!

挺住!我拉你出来。

马健,
你使劲拉吧,
即使断胳膊断腿,
我也要出来!!

向孝廉！

马健……

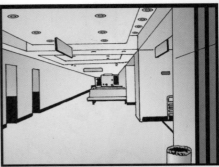

向孝廉
怎么样？

右臂和
左腿可能
要截肢……

祝我好运吧！我叫向孝廉，我爸爸叫向忠诚,忠诚、孝廉，名字取得好吧？

我家在农村，我哥哥是残疾人。

我不要做截肢手术！

我还要照顾家人！

好……
我跟医生说……

还有,我的朋友马健救了我。他很勇敢！

你帮我告诉大家！

我只是做了朋友该做的事罢了……

第 **6** 集

少年硬汉雷楚年

磁峰中学

5月12日14时27分

不好!还有好多同学没跑出来!

我要回去救同学!!

欧静!
怎么了?

我害怕……
我好怕……

我带你
出去!

放我下来吧，
我自己走！

雷楚年！

别管我！
赶紧出去！！

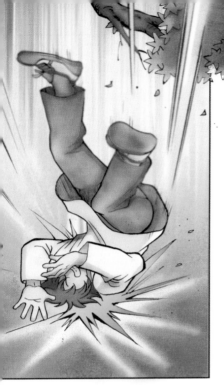

地震发生4小时后，埋在废墟底下的同学在救援人员的努力下，全部获救。

磁峰中学642名老师和学生因撤离迅速，只有18名负伤……

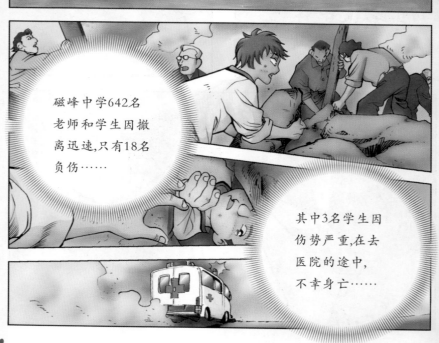

其中3名学生因伤势严重，在去医院的途中，不幸身亡……

全国妇联、四川省妇联
授予雷楚年"抗震救灾
好儿童"的荣誉称号！

同时,雷楚年得到教
育部的表彰,成为首批
"抗震救灾优秀学生"。

雷楚年,一个坚强而可爱的孩子,在大难来临之际,他表现出的机智、勇敢和善良,感动了中国。

第 7 集

羌族少年王亮

北川中学

高二 10班

5月12日14时15分

?

嗯？

怎么回事啊？

是地震！

快跑！

我们还能活着出去吗？

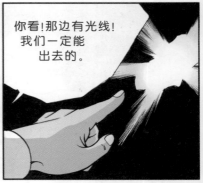

你看!那边有光线!我们一定能出去的。

先试着把上面的东西推开吧!

好!

总算能活动了,

跟我来!

只要除掉这些钢筋就行！呃！

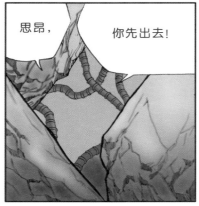

思昂，你先出去！

啊！

我们班大部分是女生，所以很多还没跑出来……

我们一定要救她们！

快找找看。

魏敏!

刘芳园!

这里!

王亮，
我在这里!

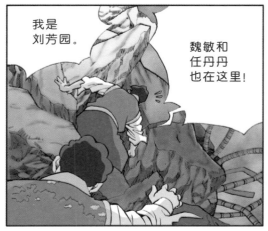

我是
刘芳园。

魏敏和
任丹丹
也在这里!

你们挺住!
我去找人来!

这里有人埋在废墟里了，救命啊！

你们再忍一会儿！我马上叫人来！

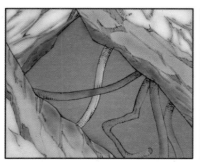

王亮……我好害怕！救救我！

我叫大人来了,你一定要坚持啊!

叔叔!快救救魏敏吧!

好!

魏敏!
醒醒!

嗯……

你在这等着,
我再去找找
其他同学。

嗯,去吧!
别担心我!

救命啊～～

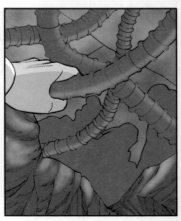

龚悦!

王亮!救救我们!

知道了!
你们
没事吧?

我的腿受伤了,
呜~流了好多血~
快救救我~

别急!大人们
马上就拿工具
过来了!

快点啊!

现在大人都在忙着救人!你再坚持一会儿!

我实在忍不住了!太疼了!

给我一把刀!让我杀了自己吧……

呜……呜……

知道了,
我忍……

太窄了!
进不去啊……

让我试试!
我一定要进去!

谢谢！

呃……

对不起,这东西实在是太沉了,我先出去想想别的办法!

她们俩被石块死死压住了,我抬不动!

知道了,先挪走上面的石块吧。

一、二……

三!

嘿!

别怕!我们一定救你们出来!

晚上9点

149

嗯……

这块水泥板太重了!我还是抬不动!

知道了……你先上来!

不,这里只剩她一个人了,我要留下来陪着她。

别怕!

相信我!
你一定会
被救出
去的!

嗯!

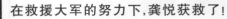

5月13日　早上

在救援大军的努力下,龚悦获救了!

早上8点,获救的学生被移送到绵阳市。

第 8 集

临危不惧三少年

别玩了……

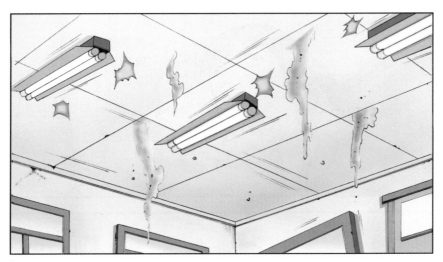

啊？
怎么了？！

大家别慌!
先把情况弄清楚!

老师!
好像是地震!

越是这种情况，我们越要冷静！大家都别慌！

大家按小组顺序，迅速向操场撤离。

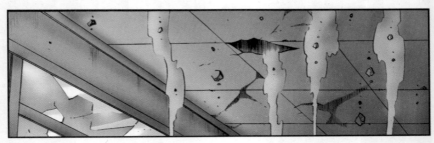

不要慌！小心！

小心!
别摔了。

谢谢!

朱晓丹还没下来!

我去找她!

等等我!
我和你一起去!

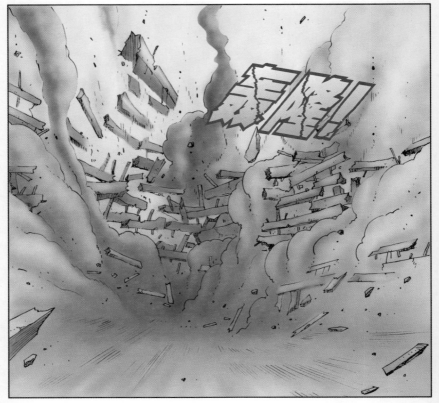

哇!他们出来了!

杨鹏,你不怕吗?

当时就一股脑儿的想把朱晓丹带下来!实在顾不得害怕了!

　　在这次地震中,红山中学全校
1500名学生,90余名教职员工, 在
不到两分钟的时间, 从三个楼道安
全有序地撤离,这与学校平时的训
练是分不开的。

这所学校平时就十分重视安全教育和疏散演习，所以学生基本上能做到遇险不惊，遇事不乱。

学校在灾后复课的第一天就授予了杨鹏、赵瑞亮、张博"抗震救灾小英雄"的称号。

第9集

团结就是力量

2008年5月12日

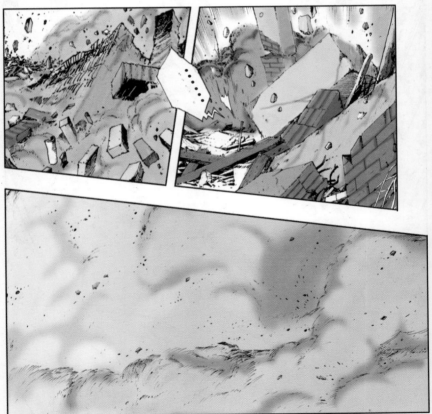

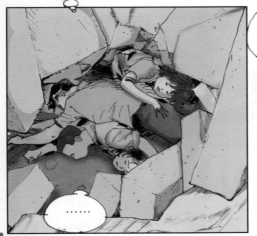

不能睡!

睡着了就可能醒不来了!

······

可是……我们要在这里呆到什么时候啊?

我没知觉了……

不会就这么死了吧?

······

不会!肯定不会死的!

肯定会有人来救我们的!

我……怕……

我好怕!

傻瓜!

有什么好怕的!

下午6时

啊！

宁加驰的左手受到挤压，神经损伤比较严重！

虽然左手留下了残疾，可是宁加驰生性乐观开朗，依然对生活充满了信心！

在他的脸上，我们看不到失落和痛苦的表情……

在那种情况下，怎么想到要唱歌啊？

……

只是想给朋友一点勇气。

觉得《团结就是力量》这首歌挺能振奋人心的！

那你以后的梦想是什么啊？

嗯……

马上要中考了，我希望能考上都江堰中学，

然后努力考上一所好大学！

哈哈哈……

经过治疗，宁加驰的左手臂已经可以抬起来了，神经功能正在逐步康复。祝愿他梦想成真，早日回到校园！

第 10 集

断臂小天使

5月12日 下午2点28分
文化镇中心小学

张依宁
还没出来!

王彬
啊……

起来了？

是。

怎么样？
还疼吗？

有点疼。

可是还能忍。

呵呵……
王彬可真勇敢。

胳膊的伤，
会好起来的！

可是……
医生叔叔，

我有个
小小的愿望。

嗯？愿望？

是什么呀？
说说看？

就这么呆着
太无聊了！

所以……
我想做一个
小志愿者！

志愿者？

是！

给别的小朋友
唱歌，还给
他们讲故事。

跟他们
一起玩!

是吗？
那是个好
主意！

您同意吗？

当然。

哇!谢谢您!

我会
好好
做的!

护士姐姐，那个姐姐为什么哭啊！

地震的时候，她的妈妈受伤了！现在在重庆医院接受治疗呢！

所以，她担心妈妈，饭都没吃呢！

真的……

王彬真是个"小天使"啊!

对啊,王彬可真是一个很棒的小志愿者啊!

得给王彬带"红心"啊!

爸……
爸爸!

拆线?

疼吗?

会有点疼!

疼的话就
喊出来,
知道了吗?

……

……

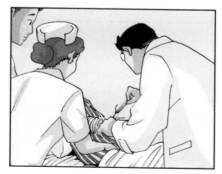

哇!
小天使,

好样的!

结束了吗?

哈哈!!

我们的小天使,要赶紧好起来呀,还要画你喜欢的画啊!

……

可是……

我现在没了右手,还能画吗?

……能画!

用左手?

用左手也能画!

是啊！
用左手练习
同样也能画！

啊～～

真的吗？

当然！

在志愿者中,有个人
叫柳岱松的,他
就用左手画画！

好！

怎么样？
我们找他学
用左手画画！

王彬小朋友，常来玩啊！

好的，

我会再来的！

8岁的王彬虽然在地震中失去了右手，可是她没有失去她的梦想和勇气！

我们虽然在这次大地震中，失去很多东西，也遇到很多困境，可是没有失去勇气和希望！

图书在版编目（CIP）数据

抗震英雄少年/沈阳博士兔动漫制作有限公司著. －成
都：四川美术出版社　2009.5

ISBN 978-7-5410-3852-5

Ⅰ.抗… Ⅱ.沈… Ⅲ.①漫画－作品集－中国－现
代②青少年－抗震救灾－英雄模范事迹－中国－2008
Ⅳ.J228.2

中国版本图书馆CIP数据核字（2009）第066737号

抗震英雄少年

KANGZHEN YINGXIONG SHAONIAN

沈阳博士兔动漫制作有限公司　著

责任编辑　林桃　谭昉　陈娟
策　　划　易望舒
责任校对　培贵　倪瑶
责任印制　曾晓峰
版式制作　华林平面设计
出版发行　四川出版集团　四川美术出版社
　　　　　（成都市三洞桥路12号 邮政编码　610031）
印　　刷　四川新华印刷厂
成品尺寸　130mm×184mm
印　　张　7
字　　数　140千
印　　数　1-8000册
版　　次　2009年5月第1版
印　　次　2009年5月第1次印刷
书　　号　ISBN 978-7-5410-3852-5
定　　价　20.00元